AILLEURS

Peintures d'Olivier Suire Verley
Textes de Bernard Giraudeau

"Ailleurs", 2003

Il était une fois deux enfants sur une île. L'un rêvait de peindre la lumière, l'autre de se glisser au-delà de l'horizon. Voici un peu de cet ailleurs, de ces couleurs du monde à regarder et à lire.

Peindre la lumière ou le bonheur irrésistible des couleurs.

"En bande", 2003

Olivier,

tu as peint notre enfance, celle qui honnissait les naufrageurs mais rêvait d'épaves aux trésors sur les banches au jusant. Tu as peint notre mémoire, un album révélé dans un bain de couleurs. Tu as peint deux pirates autour d'un feu de bois flotté qui lisaient le ciel à l'envers dans les miroirs de lune. Nous tenions le monde dans une poignée de sable que le vent éparpillait. Après la tempête, nous lisions sur les troncs rouges, les naufrages des grumiers au large de Rochebonne et dans les filets déchiquetés, ceux des chalutiers de haute mer.

"Trousse Chemise", 2002

Le voyage est un acte de goûteur, de pilleur. C'est un acte sensuel aussi. C'est une quête, une conquête. Je veux comme le poète "voir les perles dont l'Orient remonte à la surface dans le regard vitreux des plongeurs éclatés". Je sais que ma vie est un continuel voyage sur une mer incertaine disait Staël.
Certains comme Lucrèce disent que les gens changent de place comme s'ils avaient à se débarrasser d'un lourd fardeau. Peut-être. Toi tu as posé le tien sur la première dune. Je savais que je chercherai toute ma vie cette esquisse hésitante, ce trait maladroit qui dessine peu à peu la terra incognita. À l'école, j'apprenais par cœur les capitales du monde et les ports : Delhi l'Inde, Pékin la Chine, Brasilia Brésil, Odessa Russie, Vladivostok, Novossibirsk, Caracas, et je finissais toujours par la plus belle : la Rochelle Pallice au bout de la Rue de la Soif, dernière étape avant notre île.

On partirait de La Rochelle avec une escale à Lisbonne. Je te propose le chemin des écoliers par les Antilles, les Canaris et le Cap-Vert. On prendrait le bateau pour que tu connaisses l'approche des ports ou des îles, la photo inattendue qui se révèle dans la brume bleutée de l'aube ou celle, safran des dernières heures du jour. Moi j'écrirais. Enfin je tenterais et toi tu regarderais comme tu sais le faire avec une clope entre les doigts et quelques cheveux devant les yeux que la brise du sud replacerait sur ton front. Tu regarderais. Tu peindrais déjà en mémoire les écueils de coraux et les hommes sur leur terre rouge. Avec des jaunes, des bleus outre-mer, des verts d'ombres, des terres de Sienne, des ocres roses, il faut écrire l'indicible et suggérer le mouvement, conter une histoire et laisser une empreinte en couches successives. Tu écrirais une partition de couleurs qui serait "la musique des sourds".

"Les blés", 2001

"Iris et colza", 1997

Quand je filme, je voudrais peindre. Chaque toile que tu achèves est un film, une multitude de scènes en une. La peinture hypnotise et propose. Je crois que les grands cinéastes ont aimé et aiment la peinture. Elle les a nourris, toujours. Ils ont une rage de peindre en filmant. Le grand Kurosawa finit sa vie en tournant des scènes de grands peintres. Ils proposent une vie cinématographique aux oeuvres comme un hommage à la peinture, une certitude de l'inimitable. Il faudrait filmer comme un peintre avec cette liberté-là. Il faudrait rester élégant, sauvage, barbare et sophistiqué. Il faudrait avoir la permission d'être soi-même disait Bonnard. Il faudrait, il faudrait. Beaucoup travaillent pour être des Maîtres, certains en portent le nom croyant avoir la connaissance. Je veux rester un apprenti car nous sommes cela pour toujours, des apprentis.

Je sais que ni toi ni moi n'oublions l'enfance barbouillée de figues mûres, que la force de Ré c'est l'automne et l'hiver. Ils chassent l'été d'un coup de vent aux grandes marées. La gente canine retrouve ses appartements et les bernaches leur quiétude. Là-bas dans les cités continentales, les conquérants, sûrs de leurs droits estivaux rêvent de leur propriété illusoire, celle d'un fragment d'août ou de juillet. Ils ne savent pas la course des étoiles en hiver, la morsure des embruns à la pointe du Lizay. Elle est notre île au trésor, notre royaume de sable.

Que savent-ils des "totémisations", des jeux de piste et de la contrebande de nacre. Nos secrets dorment au pied des citadelles et dans le creux des dunes. Là, il y eut des batailles inouïes pour d'ingrates princesses. On y brûlait les traîtres, on torturait les crabes. Ils ne connaissent rien de nos assemblées nocturnes, de la Confrérie des Étrilles. Ont-ils seulement bu le vin de nos messes sacrilèges. Il y a aujourd'hui sur les murs des blockhaus des messages mystérieux, des signes indéchiffrables. Notre écusson était une aile de mouette sur fond d'algue séchée, rehaussée de coquillages sacrés. Il fut longtemps respecté et honoré. Seules les hordes continentales après avoir coulé notre flotte et construit un pont, piétinèrent notre drapeau. Ainsi soit-il ! Sais-tu que les enfants de ces guerriers sans foi n'ont jamais vu comme nous les Amériques. Nous seuls avions ce don.

"Champs jaunes", 1990

"Le moulin", 2002

J'avais peur de revenir vers l'attendu. Il y a toujours deux tristesses à revoir son village : rien n'a changé et l'immuable effraye, ou tout a changé et vous ne reconnaissez plus votre enfance. J'avais tort, je suis revenu, c'était vivant.

"Trois arbres", 1997

Sur les quais de Syracuse j'ai déjeuné d'un frito misto et bu du vin blanc frais. Il y avait des fresques romaines sur les murs. Un bateau prenait le large. J'ai erré jusqu'à Perugia et Assises. Tu aurais frissonné devant Giotto, la Prédication aux Oiseaux, Saint-François donnant son manteau. Il y a un portrait de lui en or bleu et brun de Cimabue, il te ressemble. Le guerrier eut des visions, fit le bien et on le sanctifia. Je simplifie. J'ai vu Florence. Je suis toujours quelque part entre le Pirée et Larnaca, entre Valparaiso et Puerto Monte. J'ai ancré ce jour le bateau dans les marais de Sabionnetta. Venise est à deux pas. Je ne sais pas si elle expire dans la brume, sous les eaux du Grand Canal en "clapots" sous les pontons, mais dans la vase, sous les palais de marbre, le bois pétrifié s'épuise. Rien ne bouge au Rialto, personne ne soupire sous l'illustre pont. Il n'y a que les bateaux de l'Arsenal qui respirent encore, d'un souffle rauque et régulier avec parfois une toux profonde à l'abandon d'un quai. Imagine un petit soleil timide, blanc qui ose déchirer le linceul. Venise est à cinq millions d'années lumière de la nébuleuse d'Andromède. Pour l'heure je suis englué dans les marais de Sabionnetta baignés par un brouillard épais, scotché dans les costumes de Molière. Sais-tu que j'ai vu la Chambre des Époux au palais ducal de Mantoue. Je te ramène des fragments de peinture al fresco, un visage d'enfant, des sanguines, un duc et une duchesse, des pigments, un chien. Nous tournerons les pages d'un livre de batailles peintes par le grand Uccello.

Sienne

Au sommet d'un beffroi, j'ai admiré l'Italie, la Toscane endormie. J'ai joué au jeu des couleurs, à leur donner des noms. Je me suis épuisé par ignorance. J'ai reconnu des rouges indiens, des fuchsias, des indigos, de la lavande, du bleu acier, du bleu nuit, du bleu profond. J'ai reconnu le médium pourpre. J'ai deviné le rouge carmin, celui de Garance, qui avec le bleu de Prusse et le cadmium citron pourraient faire du noir. J'ai vu le ciel céruléen, des bleus cyans. J'ai reconnu l'oxyde de vert, le vert pâle, le vert anglais, le blanc chinois. Il y avait un horizon de cobalt, des jaunes de chrome, des murs Parme et des Siennes brûlés puisque j'y étais. Il y avait du jaune de Naples où j'irai plus tard.

"Italie", 1998

"Les remparts", 1992

Tournage en Italie, Perugia

T'ai-je parlé de mon château en Ombrie. Je suis comme un prince sans principauté, Richard III sans cheval. C'est capitaine Fracasse dans sa misère. Les tours crénelées en béton massif surveillent la vallée. Les remparts me protègent d'une improbable attaque des Tartares. Les princesses se sont enfuies dans les îles pour faire des mariages métis et le pauvre prince n'aura pas de descendance. Tout est faux Olivier. Je vis dans un décor. Quoi de plus normal me diras-tu ? Ne peins pas cela je t'en prie. Le ciel nous tombe sur la tête, les visages ruissellent, je m'enlise doucement.

Blanc de soie, de zinc, de chaux, blanc de céruse. Il y a des rouges comme les cerises éclatées, des jaunes en gerbes, des bleus outre-mer, des verts de la mer, en éclats. Il y a ceux des jours turbulents, des orages annoncés. Travaille librement et follement disait Gauguin. Il pensait être un si grand artiste qu'il avait presque peur. As-tu peur ? Je ris. Bleus durs. Violets.

"En provence", 1992

La couleur est subjective, disait Albers, les mots aussi. Nous créons avec du subjectif. Tu fais du noir avec du jaune concentré, du bleu de Prusse et du rouge et ceci à l'infini des nuances.

"La côte", 1999

Le rêve du marin est de s'étendre sur la grève immaculée. Sur cette île qui est une bouée sur le rêve océan, une île que jamais il n'abordera. Il omet toujours avant de mourir, d'écrire : "Ne m'enterrez pas, la dérive me déposera de l'autre côté de l'horizon et si vous voyez un jour une croix de corail sur une île vierge, priez pour le pauvre marin".

"Le banc de sable", 1995

"L'ombre des pins", 2001

"La Conche", 1989

Je sais l'histoire d'un peintre qui ne peignît qu'une femme dans sa vie, une multitude d'esquisses, de dessins, d'huiles rousses et bleues. Il avait rêvé ce visage, ce corps élégant, ce cou qui n'en finissait pas d'être gracieux. Elle vînt une nuit lui rendre visite. Il n'oublia jamais ce songe. Il était persuadé de l'existence de cette femme. Il la nomma Amina. Il la chercha. La peignît mille fois sans jamais s'en approcher. Il la retrouva un peu dans les portraits du Fayoum, celui sculpté dans l'ébène de Néfertiti. Il crut la deviner dans les feuilles d'or des palais vénitiens. Il redessina ses lèvres, soufflant sur ses cheveux le pollen safran. Il vit un jour ce visage à Florence puis au musée du Caire. C'était un rêve délicieusement douloureux auquel il s'abandonna jusqu'à la folie. Sous la terre des jours et de la mémoire, il trouva une page d'amour, une lettre pliée dans la blessure, il eût peur de cette amour-là, de cette jeunesse évanouie. Il retrouva le bleu des yeux dans le cobalt de Fez, sur les mosaïques, à Meknès, à Florence. Il peignit son histoire. Il savait tout d'elle. Elle s'était assise sur les pierres de volubilis dans la maison du cavalier. Elle attendait le voyageur guettant son ombre allongée au coucher du soleil. Elle avait connu la paix et le tourment. Un jour elle fut devant lui achevée. L'œuvre parfaite. Il la reconnut au bord du vertige. Son sourire était une morsure. Sous la grande porte devant les oliveraies en damier, il fixa le temps, retint sa voix, son cou, sa bouche et l'élégance de son front. On l'a cru vivante, elle l'était. Quand il mourût une inconnue vint sur sa tombe et baisa la terre. Elle s'appelait Amina.

"Sur le sable", 1998

"L'été", 1999

"Sur la plage", 1990

"Marins", 2001

"Les cirés", 2002

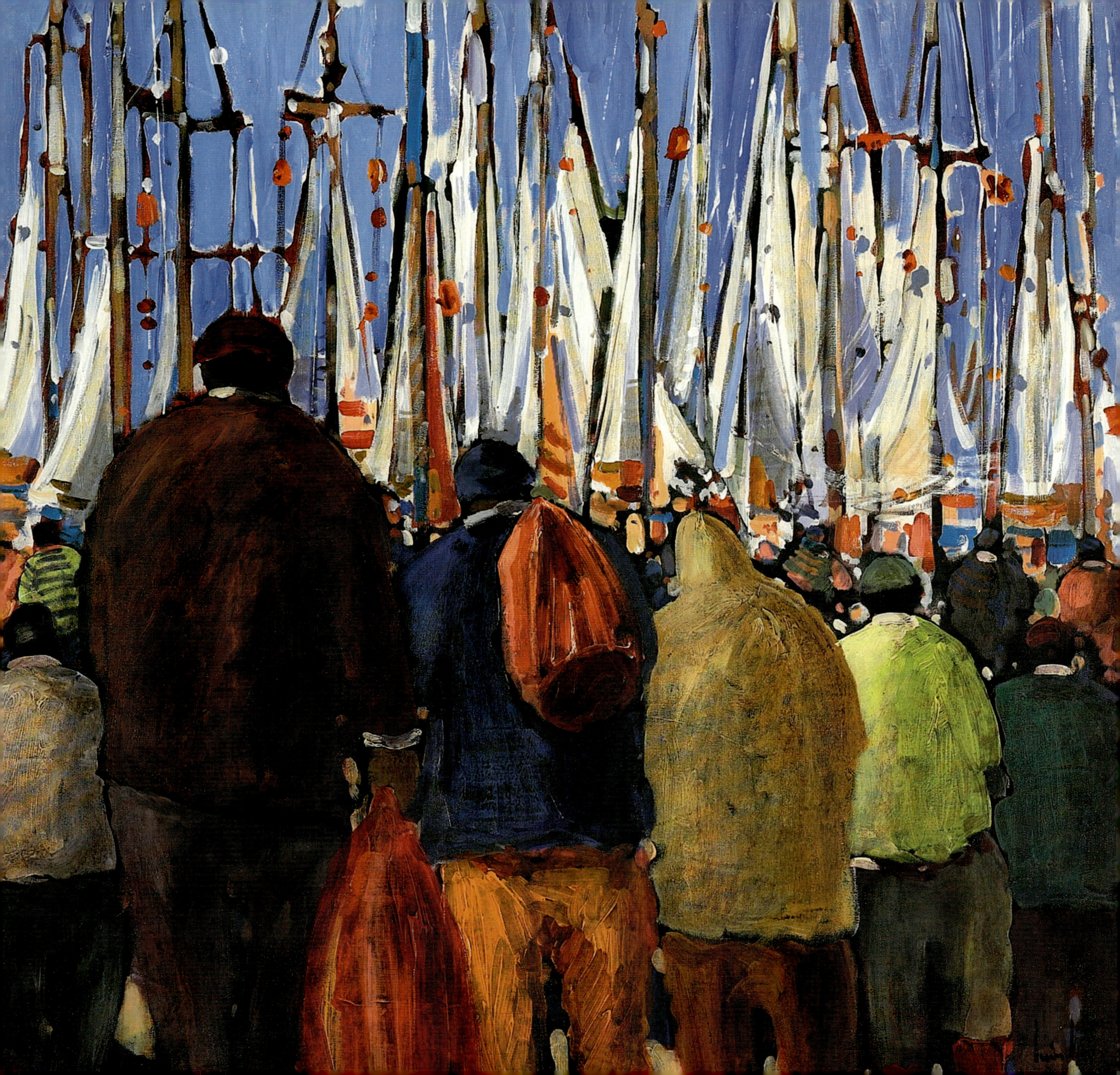

Je voudrais t'emmener voir les îles baignées par les brumes. Je connais un village du Péloponnèse, une estancia dans la pampa patagone. Je te montrerai les termitières du Mali, le pays Dogon, les nénuphars géants du Pantanal. Je voudrais partager avec toi sur le port de Syracuse les couleurs du couchant. À cette heure tu pourras voir des galions, des frégates, des chaloupes, des bricks négriers endormis le long des quais. Les voiles pendent aux vergues et sèchent à la brise. La tempête fut rude, il y a des blessures sur les flancs. Il est difficile de croire à ce soleil d'orange dans un ciel mauve, ces silhouettes sombres bordées de violet, ce bateau au loin qui brûle au centre de l'astre. Les petits feux des marchands s'allument sur les rives, les fanaux vacillent dans la mâture. Des lanternes courent aux mains de petits gamins attardés. Le fort, là-haut, prétend veiller. Les soldats s'assoupissent. Une frégate prend la mer pour Gibraltar, les côtes d'Afrique et si les vents le permettent la route des Indes ou des Amériques. Elle brûle à son tour dans une lave dorée. Le soleil se répand.

"Embarquement", 2002

"La Rochelle", 1998

Les enfants regardent les petits mousses débarquer le safran, la cannelle, la vanille. À quand leur tour sur le pont d'une galiote ? Dans les tavernes, on raconte les pillages, les viols, l'épopée caraïbes, on ment comme on respire. La vérité est plus effrayante que cela. Et ce vieux Bosco qui vante ses amours métisses, qui dit qu'au large de Saint-Domingue il y a une île des plaisirs. Il pleure d'en être parti comme il pleure l'or perdu, les colliers d'émeraude et ce bras resté sur les côtes du Brésil après une canonnade. On boit aux femmes trop belles parce que l'on est trop soûl. De grosses putains du Nord montrent leurs énormes fesses pour une pièce. Il est trop tard pour faire fortune même avec un trésor sous les jupes. Et toi petit colibri quel âge as-tu ? Assez d'années pour te donner la secousse. Mets tes sous dans le tablier et je disparais sous la table. Le peintre ne peint pas cela ? Mais si ! Il aurait pu peindre ce jeune homme et cette jeune fille torturés par la passion et qui se jettent emboîtés l'un dans l'autre du haut de la falaise rouge. Il leur pousse des ailes. Ils ne s'abîmeront pas dans le flot sombre et le soleil trop bas ne leur fera pas le mal qu'il fit à Icare.

"La voile jaune", 2000

Un homme écrit quelque part l'histoire du monde et des hommes. Personne ne le lira, mais le poète se moque de la postérité alors il écrit. Il sculpte, modèle, peint par amour, seulement par amour. Parce qu'aussi désespéré soit-il, il croit que l'amour existe, ce fou. Il faut peindre toujours. Le soleil s'est éteint. Des connards klaxonnent.

"Trois pêcheurs", 2002

"Port de pêche", 2000

*J'ai lu une phrase de Perez-Reverte qui va t'amuser :
"j'ai vu un marin à la démarche hésitante, maladroite
de l'homme qui n'est pas convaincu que la terre soit
tout à fait digne de confiance".*

Nous étions sur les quais, toujours le nez au vent, comme les chiens à respirer l'odeur des bois. Il y avait des céréaliers, des bananiers du Cameroun, des grumiers du Gabon qui revenaient de l'autre côté de l'horizon. Nous plongions notre regard dans l'écume du sillage et nous partions là-bas. Tu dessinais les grues, les hangars, les coques ruisselantes. Tu peignais déjà les dockers, le puzzle de couleur des containers. Moi je voulais raconter. Je rêvais de ce qu'il y avait de l'autre côté de l'horizon et un jour à quinze ans je suis parti. Il y a toujours un horizon derrière l'horizon à n'en plus finir. Aucun port ne se ressemble. Celui de Manille baigne dans les déchets. On y repeint les coques rouillées avec de l'oxyde de jaune et du rouge indien. Ceux du Nord dans la froideur de l'acier se couvrent de givre. Sur les bleus nuit courent les lumières des tankers. Au Chili, Valparaiso fait danser les couleurs. Les chalutiers se balancent sous les cris. Il faut une palette infinie pour peindre Iquique, Copiapo ou la belle Arica du Nord.

"Essaouira", 2000

"Coup de vent", 1996

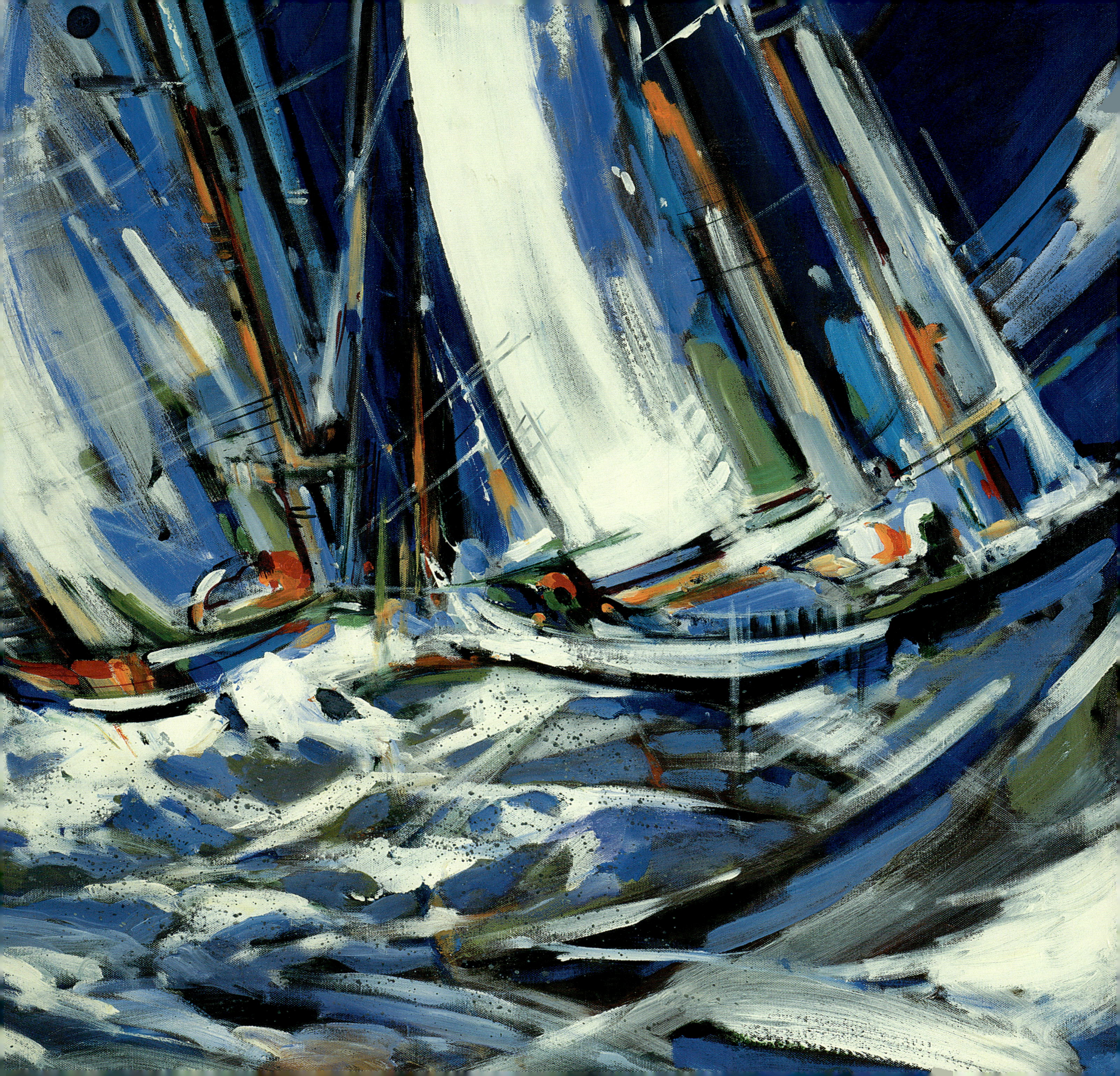

"Force 7", 1997

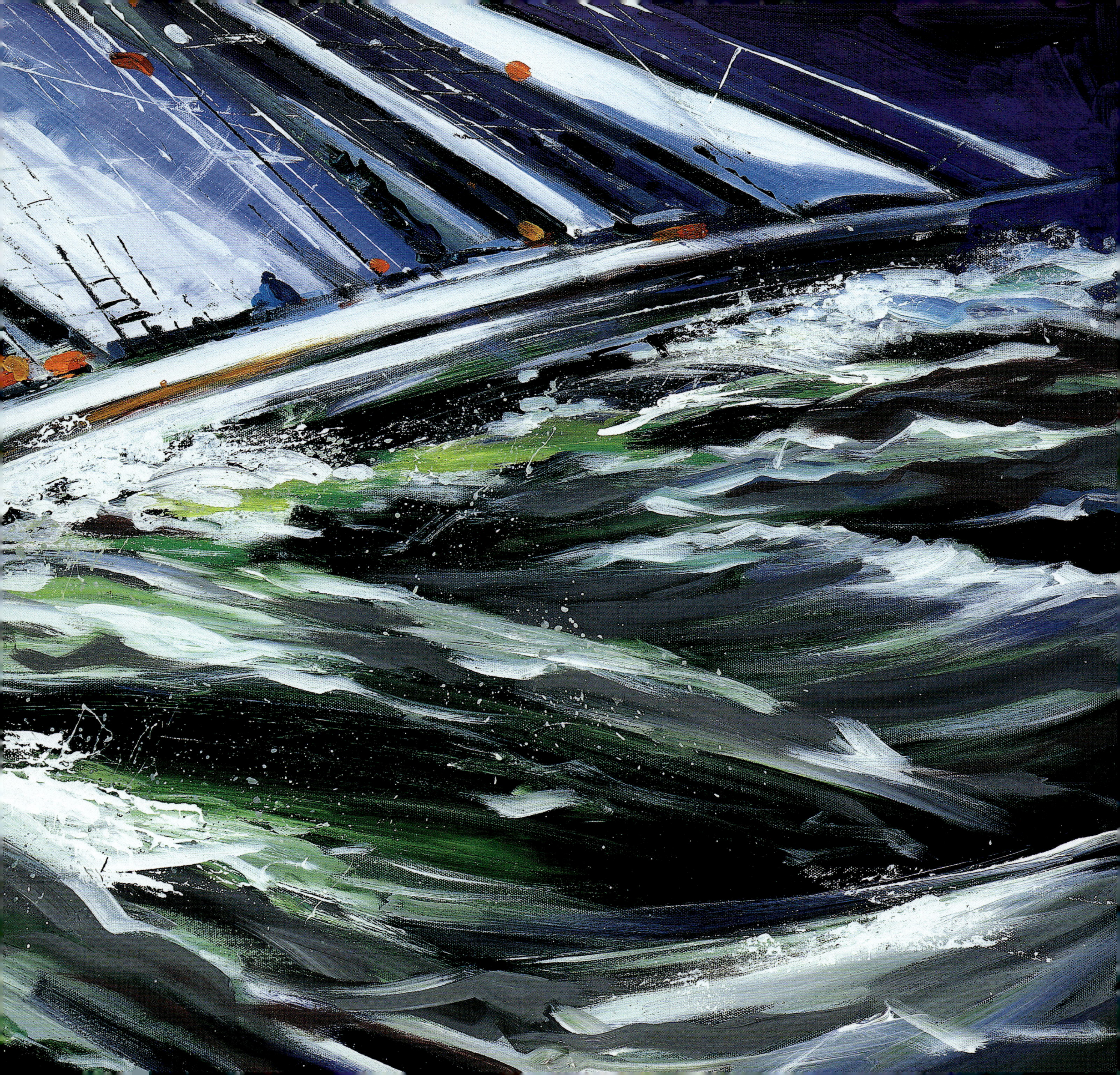

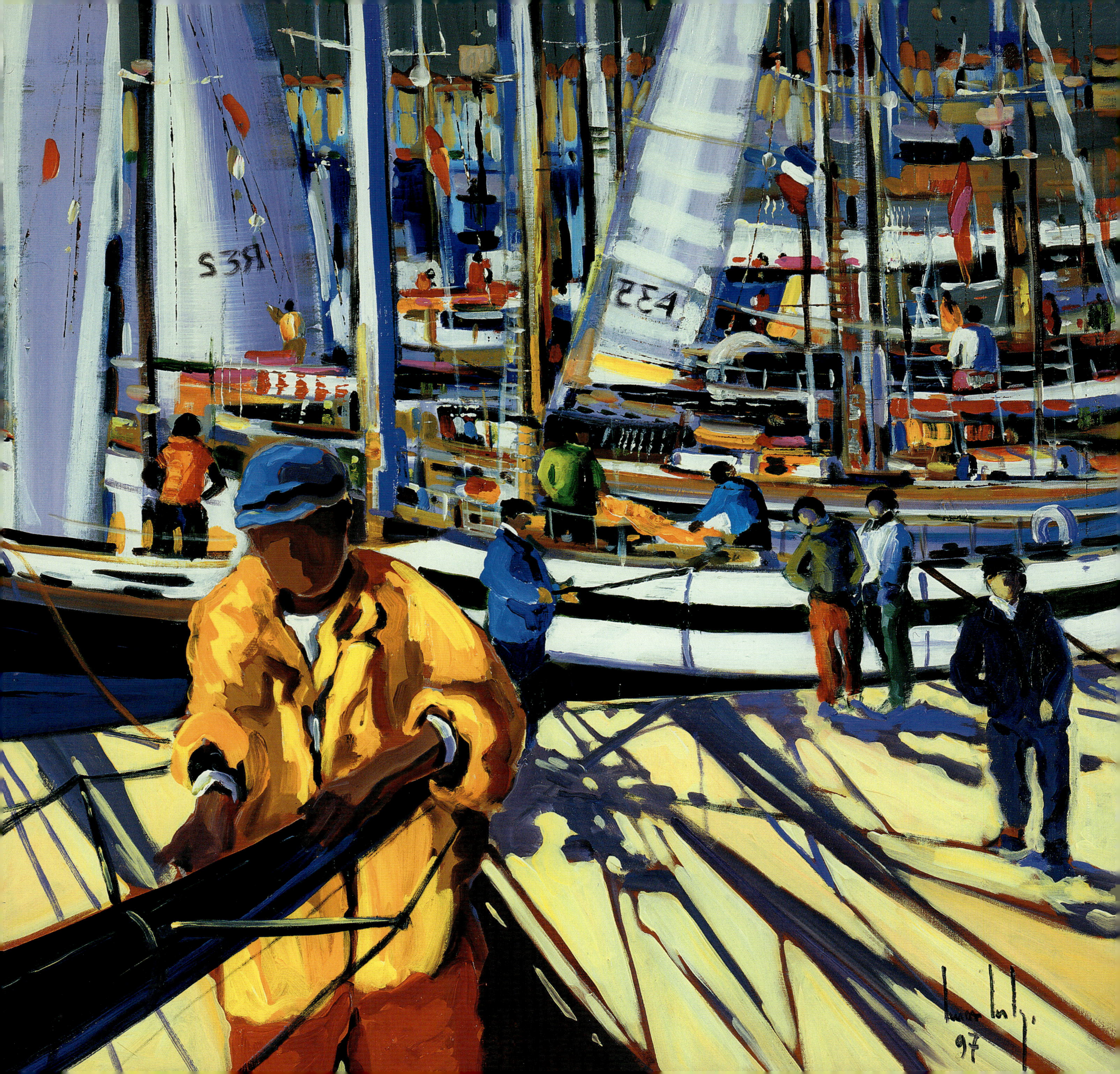

Voilà ! Je suis parti de Tanger pour le sud-marocain. Nous sommes en juin. En France c'est la fête de la musique et les beaux jours. J'aurais pu avec toi fredonner des flonflons, chanter en Ré sur une plage de l'île. Non, je vais chercher dans le désert, l'ombre miraculeuse. Va comprendre, toi qui cherches la lumière. Mais certains disent qu'il faut épouser l'ombre pour cerner la lumière. C'est elle qui dessine et propose. Elle enveloppe le contemplateur et le rêveur. Elle provoque le contraste. Henri Michaux disait que ce sont les ombres qui recèlent la plus forte émotion, menacées par la lumière, étranglées, serties par le soleil. Il faut une muse, secrète ou non. Il y en a. Je saurai te convaincre. Elle te reconnaîtra. Il y a une gravité qu'il faut apprivoiser. Tu sauras le faire en épousant "l'ombre qui cerne la lumière". Tu dessineras dans la poussière et sur la pierre du désert. Tu peindras les vagues de l'Atlantique sur les falaises de sable avec ces mêmes couleurs que rien n'a jamais poncées, pas même ce vent du sud âpre et chaud qui laisse dans la bouche un goût de craie. S'il te faut de l'ocre ou du bleu de cobalt, nous irons à Fez. Je te ramènerais bien quelques esquisses dans mes carnets avec des lavis ou du pastel. Je n'ai pas ce talent. Je suis seulement un insatiable voyageur enthousiaste et curieux de l'inattendu des jours.

"Avant la régate", 1997

"Les sardiniers", 1998

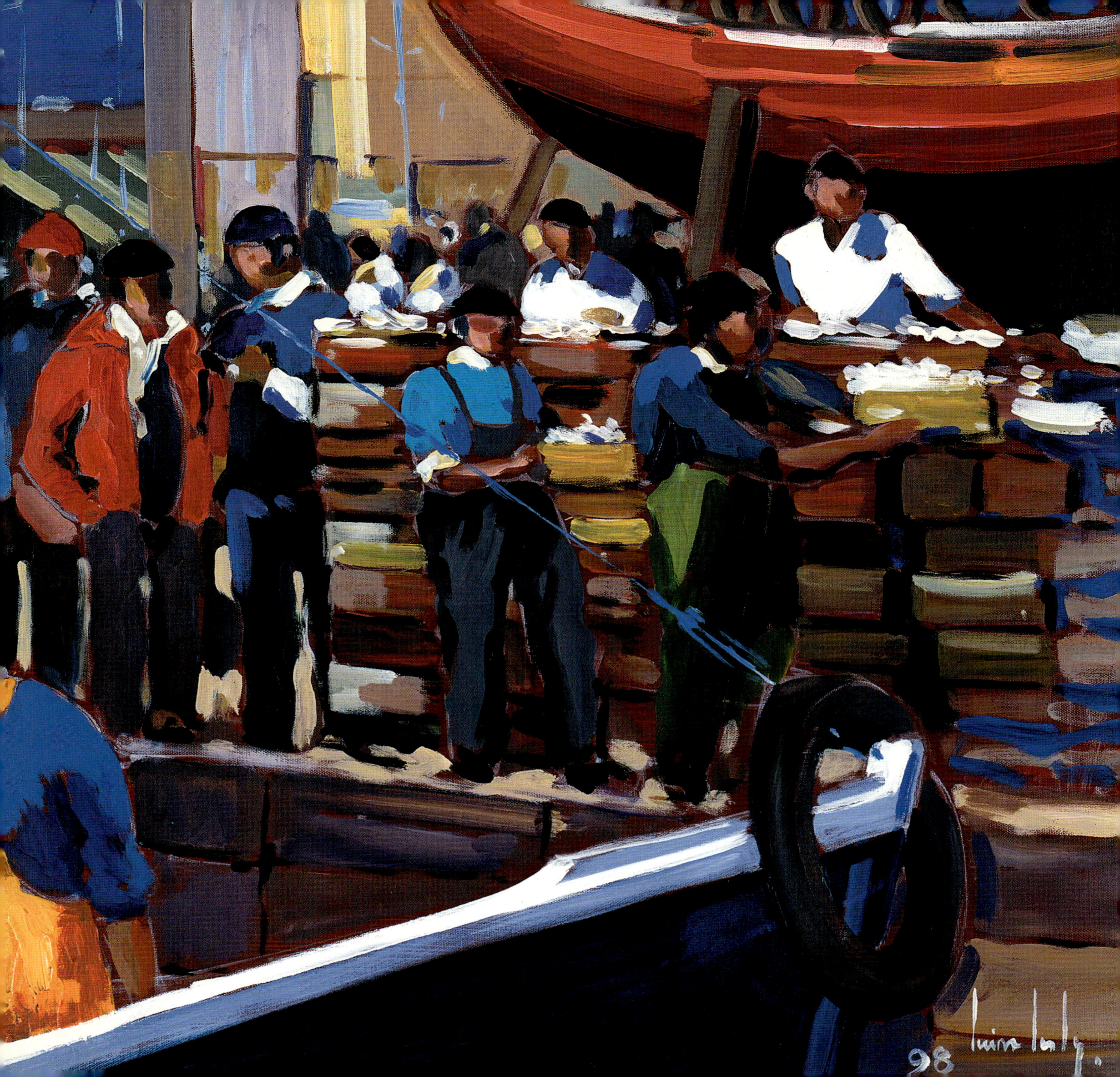

"Les filets", 1998

"Retour des pêcheurs", 2001

Te souviens-tu du prince foudroyé, de Nicolas de Staël ? Je n'aime pas les natures mortes. Il faut que la vie s'insinue ou surgisse, miraculeuse de l'immobilité peinte. Il faut sans doute la profondeur de l'instant, d'une réflexion, la réminiscence d'une émotion, même furtive.

"Marée Basse", 2001

"Belle ile", 2001

Des heures de quart et des coursives naissent les plus belles histoires. Chacun son voyage. Face au désert mouvant l'imaginaire est fertile. De la Chine aux immémoriaux Maoris, Segalen a cherché son Île, celle de Gauguin et d'autres, comme une femme désirée avec des petits en archipels de perles sur la mer.

"Contre jour", 2002

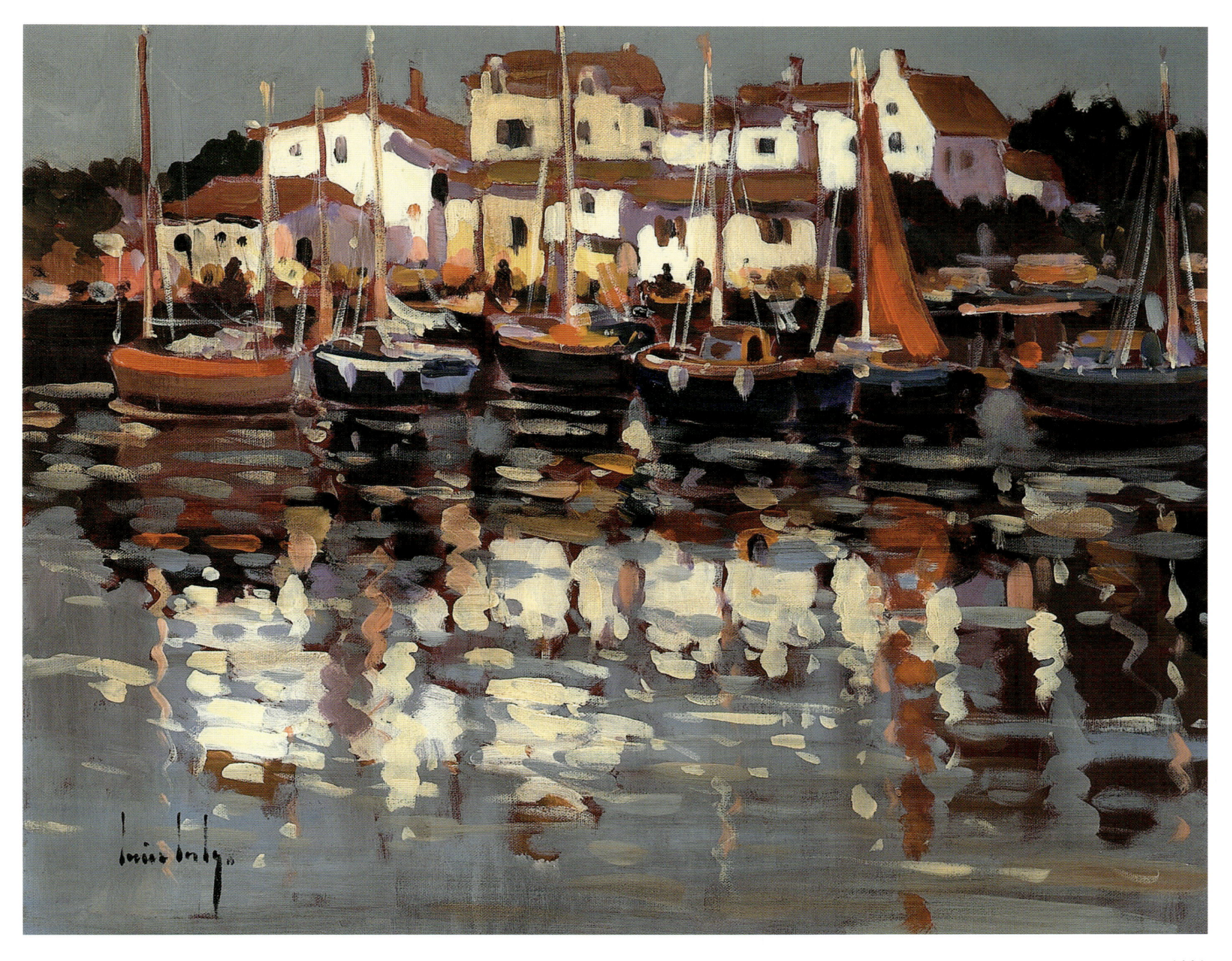

"Espagne", 2002

"Le soir", 1999

Tu peins la phosphorescence de l'écume sur les bordées des chalutiers, sur les cirés des pêcheurs qui remontent dans leur filet des cristaux solaires, tu peins par éclat comme un vase fragmenté après la chute. Tu jettes des embruns bleus sur les bateaux de verre. Tu incrustes la lumière.

"Les barques", 2002

Il y aurait ce drôle de cargo dans un port espagnol qui nous emmènerait là où les dieux peignent avec leur souffle. L'un de ces dieux s'est exilé dans le ciel d'Aunis. Tu as beaucoup appris de lui. Tu peins l'éphémère et tu regardes tes empreintes disparaître sous l'écume. Je sais que tu parcours le très Fier d'Ars de notre île pendant que je traverse l'Oued Tigoune et qu'il y a des ruisseaux de silice qui débordent sous tes pas du côté de la Conche. Ici aussi il y a des couleurs à décliner. Il me semble que si tu étais là, tu peindrais déjà ces hommes au marché avec leur djellaba pourpre contre les ors de la citadelle. Il y a d'autres ivresses que le vent d'ouest en septembre. T'attendent ici celles du jasmin de nuit et des feux de racines, des ivresses pour lesquelles Majorelle n'est jamais revenu.

"Le Fier", 2003

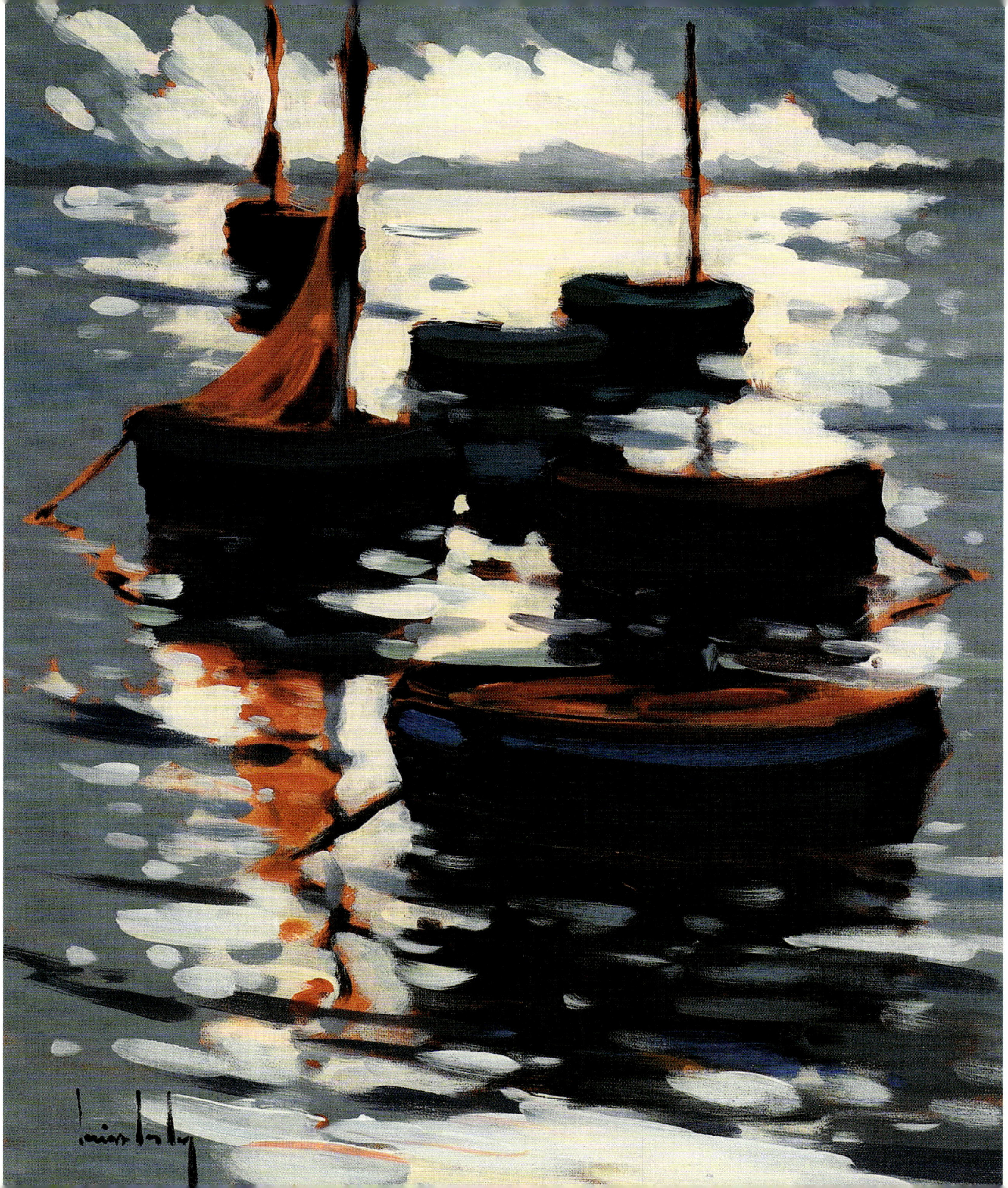

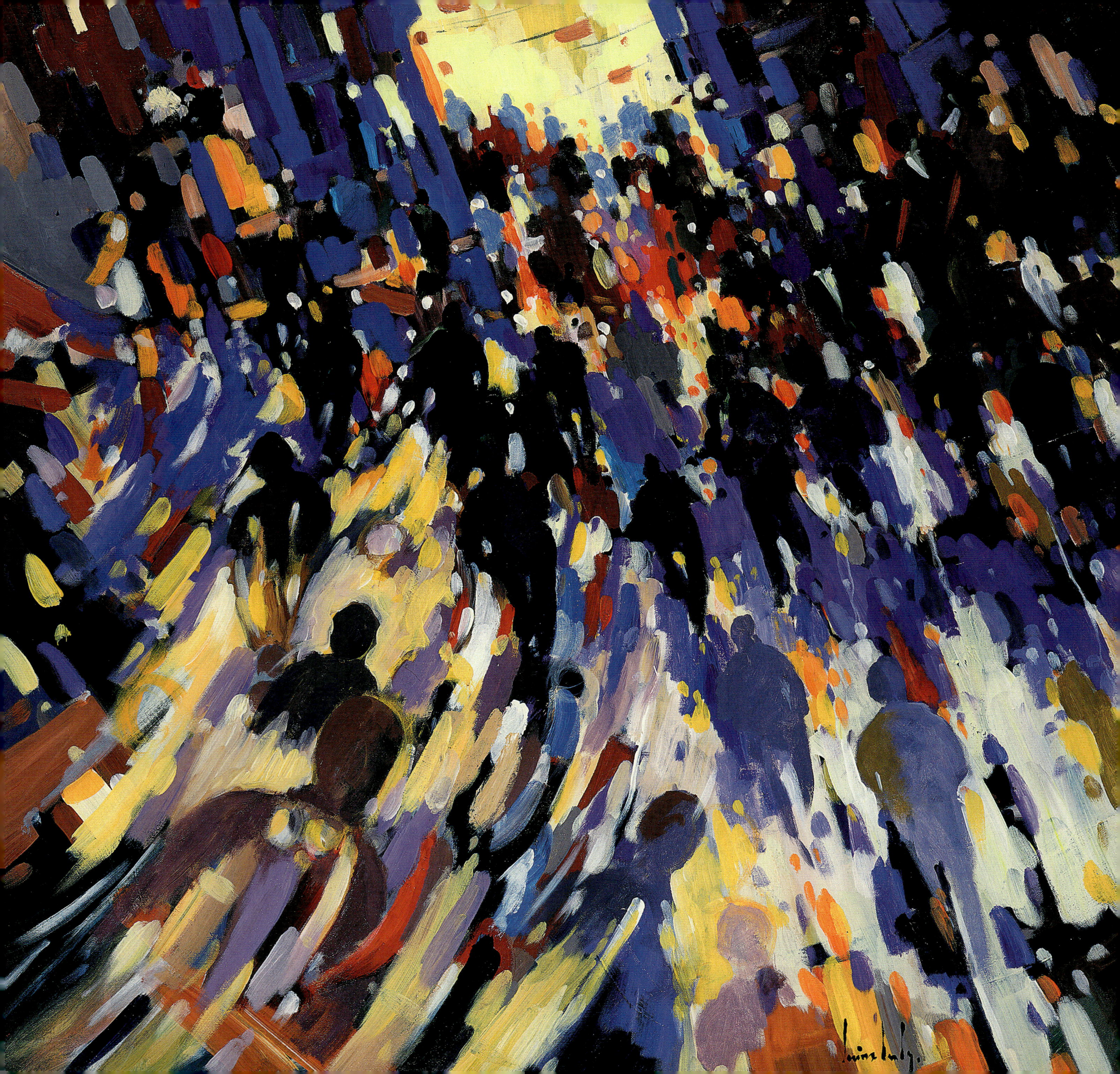

La cité me bouscule, me culbute, m'assaille, m'oblige à une alerte agressive. Toi, tu peins avec les couleurs de la terre.

"La foule", 1998

Nous ne sommes pas des hommes de la cité. Le tumulte nous encombre. Nous titubons. Nous renâclons d'instinct comme les chevaux de la mer que nous sommes. Ce qu'on y voit, ce qu'on y montre, nous enchante, ce qu'on y vit nous fait peur. Alors nous plongeons dans la ville et nous restons en apnée jusqu'à la délivrance, promesse de notre retour salvateur. Nous sommes drogués aux essences marines, nourris aux algues et fortifiés par l'énergie océane. Sous les nuages d'oxyde nous pleurons le ciel d'Aunis et les chemins douaniers. D'ailleurs tu peins les villes sous des cieux marins, des orages d'ouest dans la tourmente des équinoxes. Tu balances un vent de Noroit qui heurte des silhouettes en équilibre pour leur arracher des parapluies inutiles. J'aurais presque envie de leur mettre un ciré. Ce sont des villes à marée basse. Paris est en bord de mer avec le puzzle des miroirs d'eau qu'on retrouve sur les plages du Marchais ou de la Loge. Malgré cela nous revenons tels des indiens curieux admirer les structures de verre, les coupoles d'or et les alphabets d'acier. Comme des alouettes éblouies par les miroirs, nous nous heurtons aux arches des ponts, nous titubons aux carrefours abasourdis par l'élégance des courbes. Mais très vite, noyés dans la foule nous prenons peur. Il faut alors trouver refuge dans le silence des grandes salles et chercher l'ivresse polychrome.

"Ombres mouillées", 2001

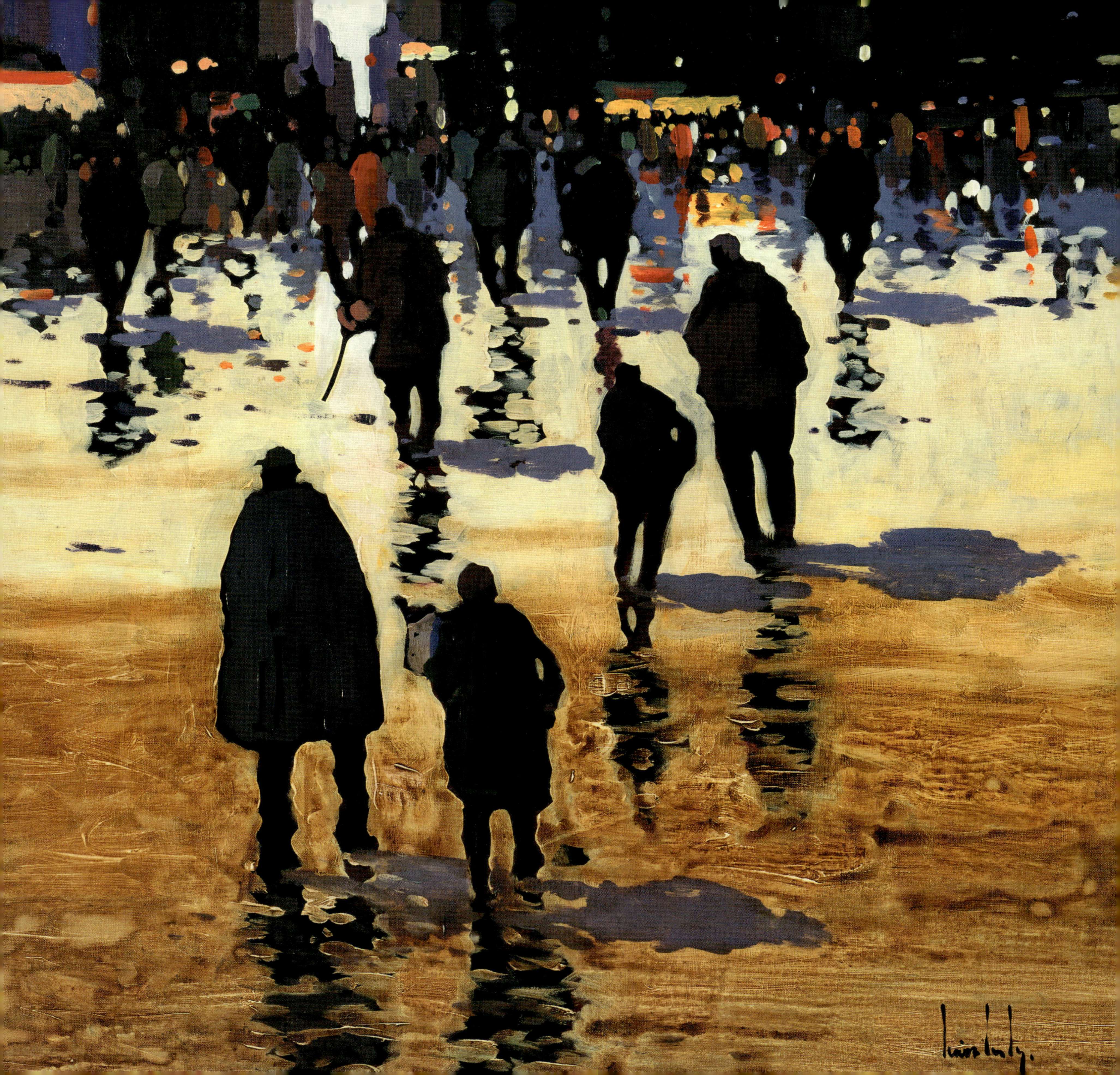

"Vertigo", 2002

Je me souviens de Rome un jour où la foule avait déserté la Chapelle Sixtine pour une messe papale. Je me suis couché sur la mosaïque comme Michel-Ange sur l'échafaudage. Je l'ai imaginé avec ses pots de couleurs, des brosses, des pinceaux autour de lui esquissant au fusain Joseph et Marie. J'ai vu Michel-Ange hésiter sur le vert d'une toge, le jaune et l'ocre d'une robe, Michel-Ange réclamant aux élèves du rouge garance, des blancs d'ivoire ou de l'indigo, Michel-Ange en fièvre bataillant avec des verts émeraude, des vermillons et des terres d'ombre, Michel-Ange choisissant des pigments déposant son regard sur la nuque du jeune porteur, Michel-Ange épuisé acceptant un peu de nourriture, Michel-Ange enfin baigné de lumière, endormi sous l'œil attentif de Jérémie. Combien d'heures, du lever au coucher, pour l'ivresse de Noé ? Quelle lumière, quelle perspective sous la voûte prolongeant celle de l'architecte ? Ce jour-là j'ai voulu comme lui, m'endormir au dernier rayon jusqu'à ne plus distinguer le visage de Marie, son turban blanc comme le pantalon de Joseph, l'enfant Dieu entre leurs bras. Je voulais la paix et la transparence deux jours seulement, et me jeter de nouveau dans les tumultes et les turbulences.

"Paris", 2001

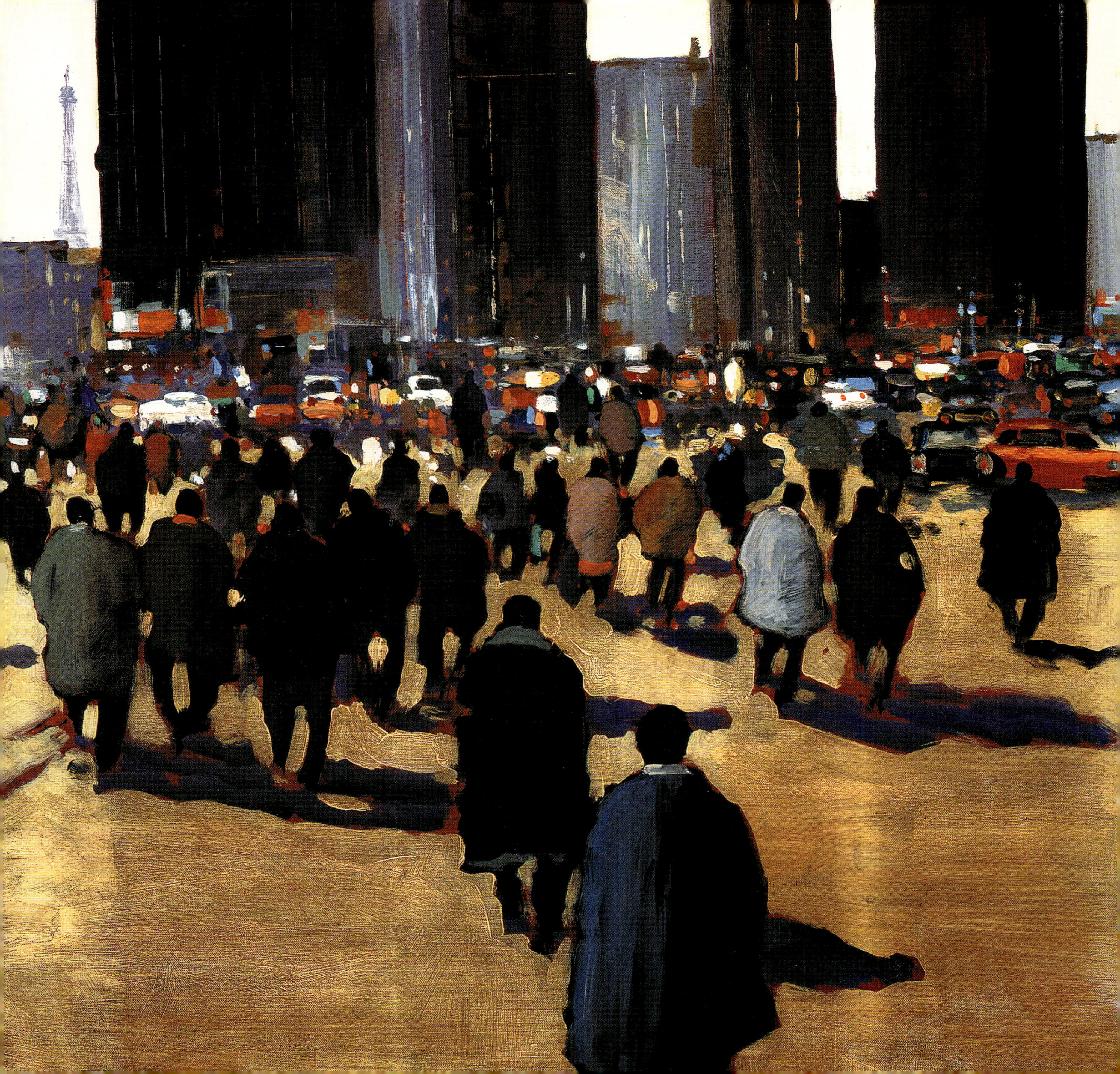

Il y a l'histoire de cet homme qui pût dire bien après la vie qu'avant sa naissance, il avait vécu un temps infini et qu'après sa mort suivait une nuit interminable. Il avait vécu la furtive illumination entre deux obscurités, la lumière entre deux éternités. Il avait été heureux dans cette lumière. Il savait seulement maintenant qu'il avait été heureux. C'est peut-être ce doute, cette peur, la connaissance inconsciente d'un avant et d'un après incertain et obscur qui pousse les hommes à chercher la lumière. Ils jonglent avec le prisme des couleurs dans l'explosion des jours. Tu es peut-être de ceux-là. Tu tentes de percer le secret, de trouver un sens à cette flamme éphémère. Tu chasses les ailes de lumière que tu emprisonnes comme des papillons. Il n'y a pas d'ombres noires, tu les veux pourpres, bleues, ou d'un vert profond. Même Soulages tente la lumière avec les couleurs de l'ébène et de la terre brûlée.

"Les grands magasins", 2000

"La pluie", 2001

"Parapluies", 2001

Tu as peint la fête avec le bonheur d'un guerrier. Tu as dégoupillé des grenades polychromes au milieu des orchestres. Tu as peint la musique et fait valser les tubes, tu as fragmenté la lumière, brossé le jazz et la techno. Pendant les heures de quart entre Wellington et Nouméa, j'avais noté que la fête est un oubli, un bannissement de l'ordinaire, un refus des regrets et de la nostalgie. Tu as raison, il faut effacer la morosité tavelée sur les jours. La fête est une ivresse, un évanouissement de la sagesse et parfois une aimable déraison. Il faut ces chants, ces pleins et déliés musicaux, cette obsession des percussions pour brûler dans le désir, la haine et les rancœurs.

"14 juillet", 1998

Tournage de "Marquise"

La fenêtre qui donne sur la campagne romaine, la pièce d'eau, les cyprès immobiles, est murée. Il ne reste que le spectre des lumières, des silhouettes transparentes, penchées vers le passé, légères au-dessus des herbes qui poussent entre les tombes. J'exagère, je sais. Il y a encore les lumières du soir sur l'ocre des maisons, le linge sur les terrasses, le bleu des troncs dans la pinède. Je suis allé à Sienne par deux fois pour voir les ombres des tours sur la Piazza del Campo et la tapisserie des toits du haut de la tour Marigia. Il y a eu cette heure passée dans la salle de la mappemonde à pleurer sur la fresque de Simone Martini. Je n'aime pas les peintures religieuses alors je me suis attardé sur le rouge et l'or des enluminures. Au retour j'ai bu un chianti au Castela di Bossi. Il y a une glace. Molière me fait la grimace. Mes manchettes sont un peu souillées. Mon col a du fond de teint. Ma perruque perd ses épingles. On m'attend pour répéter.

"Le guitariste", 2000

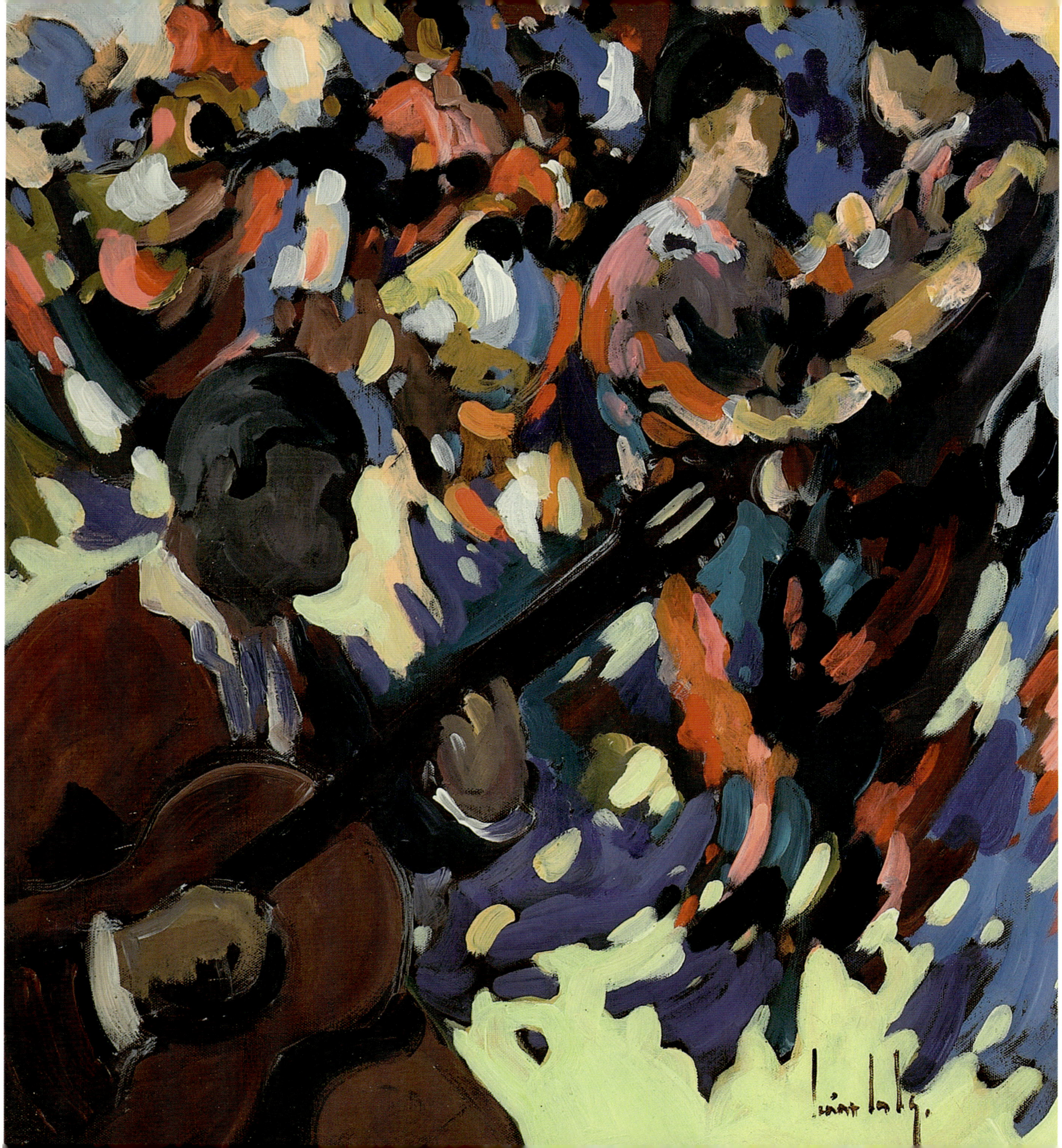

"Orchestre", 2000

Lumière, lumière. Je n'ai que ce mot pour écrire la peinture et tu as une palette infinie pour peindre la lumière.
Je t'envie. Là-bas, sur la mer le soleil fait naufrage.

"Rome", 1999

"Danse basque", 2000

"Le cirque", 2001

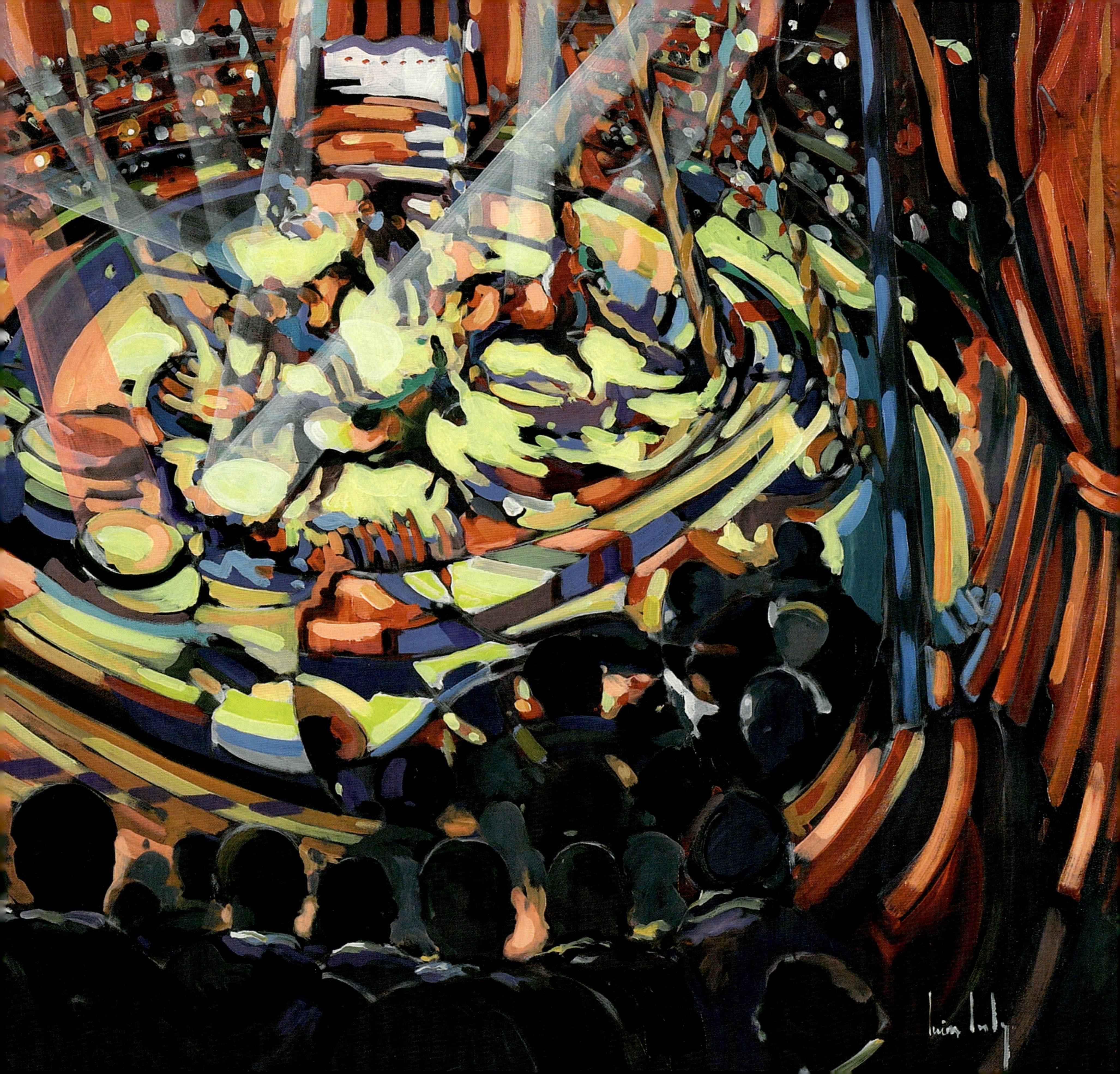

"Cirque", 2003

"Comedia del arte", 2003

Tu as évité les mots. Tu as échangé la plume contre le couteau et la brosse dure. Tu sais qu'il faut être étonné par le geste et laisser l'inattendu bouleverser l'instant.

Je ne sais pas, comme Nicolas Bouvier paresser dans un monde neuf. Je bouillonne. J'exulte. Il faut compter sur la mémoire et si elle renâcle, l'imagination se charge d'une drôle de fouille. Il ne faut pas chercher à cerner le vécu du menti. Le voyageur mélange les rêves et la réalité. Il faut raconter les fragments de vie qui vous ressemblent. Je chercherai toujours une latitude et une longitude quelque part. Je filme ce que je ne pourrai jamais peindre. Je vis au bord de l'abîme dans un bonheur précipité. Tu es un magicien de la couleur. Tu fais du noir avec du rouge, du vert et du bleu. Jamais le même noir, jamais le même blanc. Tu manipules les jaunes et les oxydes à l'infini. Tu cherches l'améthyste et le jade, le médium pourpre et le coq-de-roche. Tu fais apparaître des fonds céruléens, des bleus de Prusse, des verts anglais, des vermillons, des ors vénitiens. C'est un langage universel que tout le monde comprend et que très peu parlent.

"Arlequins", 2003

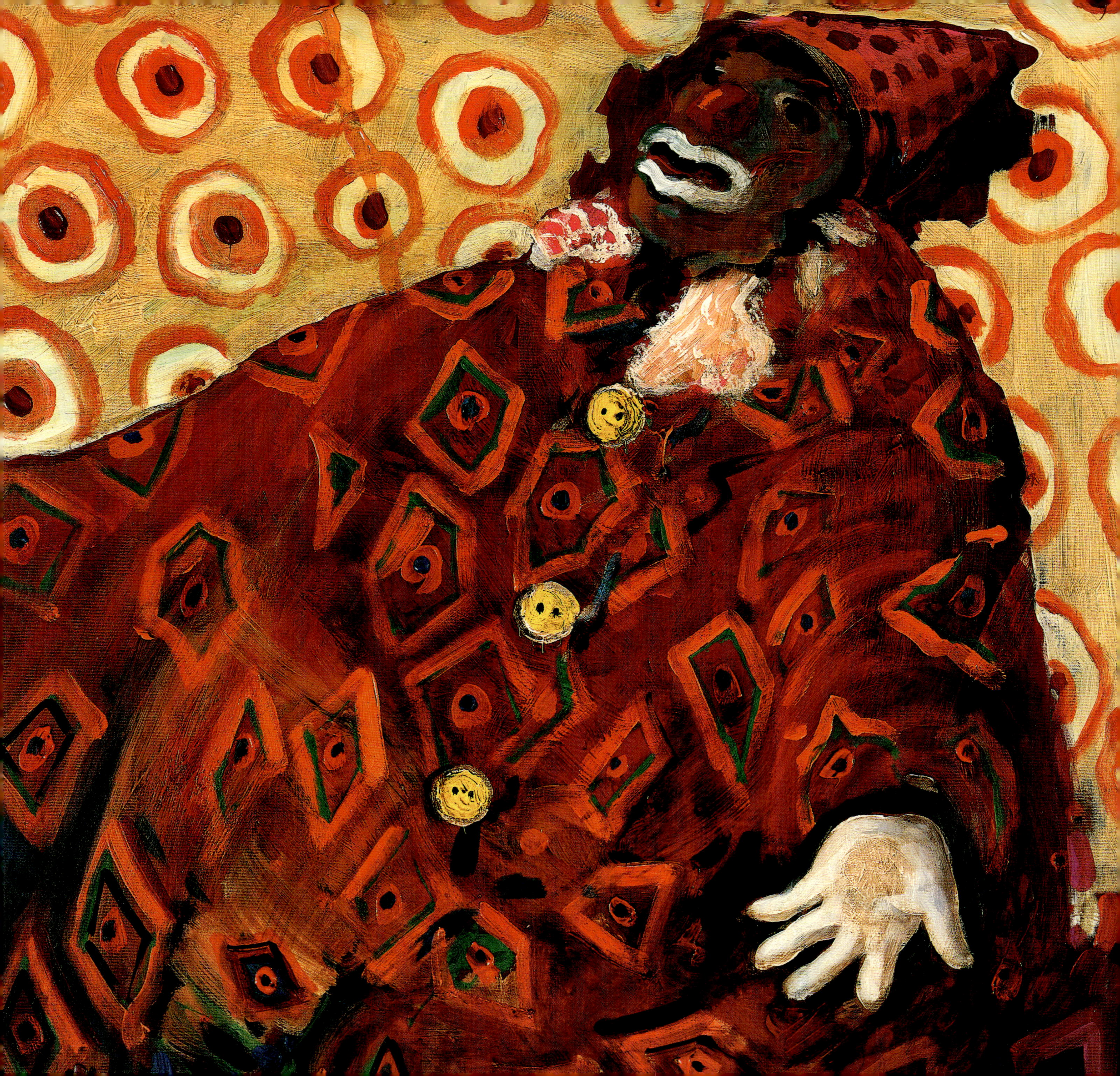

"Clown", 2003

Alors il y eut le miracle de la scène, cette rencontre inouïe avec l'espace vide et clos, le théâtre. Le marin allait poser son sac sur d'autres planches et faire des voyages plus inattendus encore. J'ai souvent pensé à toi devant ta toile vierge, le regard plongé au-delà de l'écru, ce temps suspendu avant le premier geste. Il semble qu'un acteur dans un théâtre est comme le peintre devant un mur nu. Tu retrouveras dans ces propos des éléments reconnus, semblables, des émotions secrètes qui seules nous appartiennent. Il m'a fallu du temps pour saisir que l'espace vide est une proposition magnifique à l'imaginaire. L'imagination remplit le vide. À l'exemple de ta toile, il nous faut pour répéter ce théâtre vide afin d'être libre du jeu et des valeurs ajoutées que sont les décors et la musique. On n'a jamais trouvé un personnage, il est temporaire. Pourtant le théâtre est convention, mais les règles admises aident à créer l'illusion.

"Sur la piste", 2003

Le théâtre, c'est la vie dès que l'acteur est en scène et que le spectateur accepte que ce dernier se déguise et fasse semblant. L'acteur est un manipulateur et un provocateur. Il est un accordeur exigeant car le théâtre est une harpe virtuelle. Il faut tendre avec chaque spectateur une corde jusqu'à la note juste, à la limite parfois de la rupture. Puis il faut tenter l'accord parfait. Sur scène l'acteur doit être libre, sans dieu ni maître, un flibustier. Jouer c'est agir. La parole est mouvement. L'acteur usurpe des identités, des caractères. Au lever du rideau, il y a le noir, un point d'orgue, un vol en stationnaire délicieux et troublant avant de donner la vie, de décider le premier geste ou la première parole.

"Saltimbanques", 2003

"Rencontre", 2003

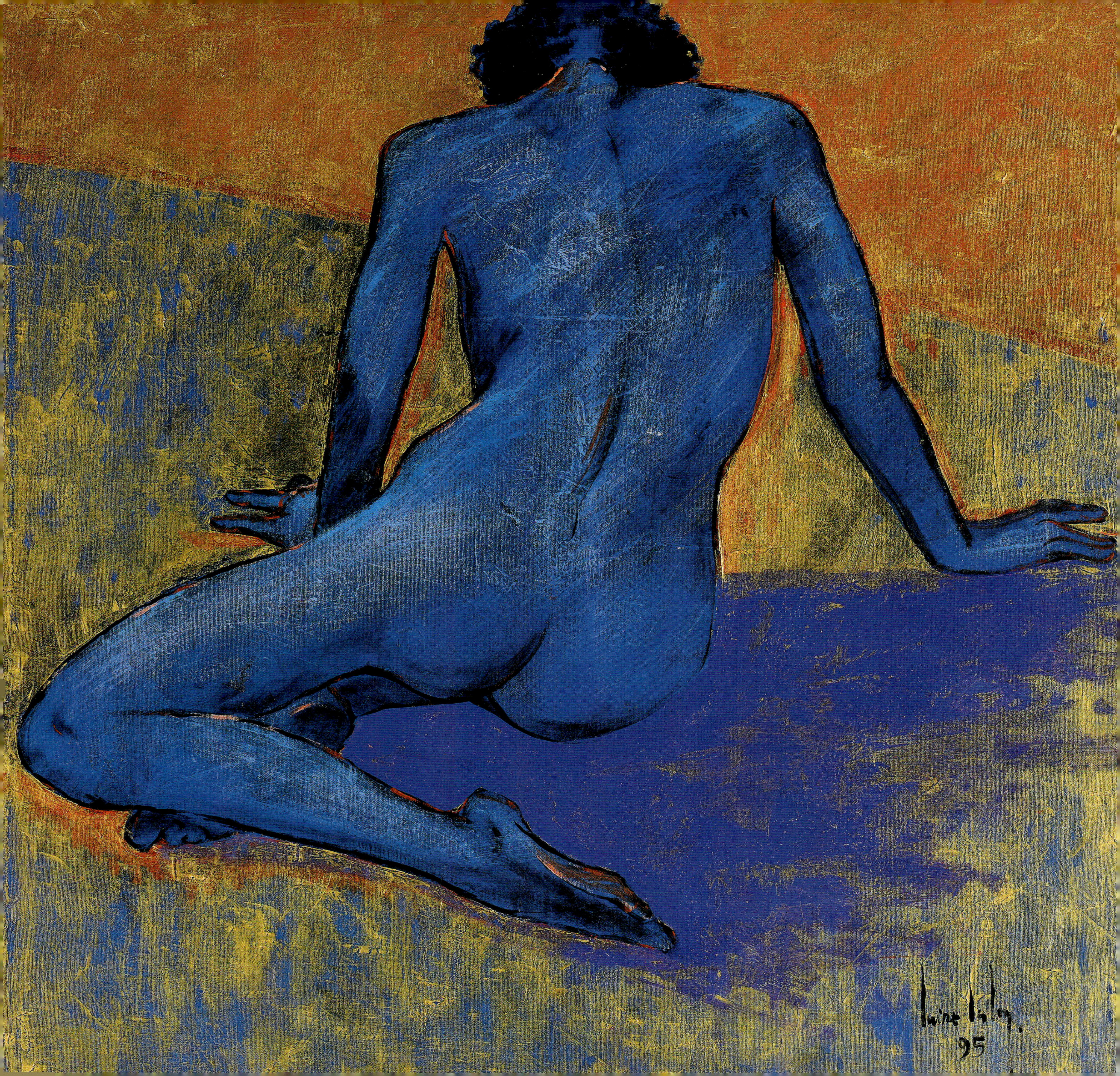

Je suis allé au marché. Les allées étaient pigmentées d'ocre, de rouge et de safran. Il y avait l'odeur de la saumure, du charbon de bois, mais aussi celle des filles. J'ai acheté un tissu bleu parce que la femme était très belle. Il y a toujours des désirs en Afrique. Je laisse le petit rideau de ma case entrouvert. Je guette les hanches serrées, je devine les cuisses qui caressent le coton. Chez les africaines, même le tissu vit. Il bouge, il dessine. La matière provoque. Le regard ne peut pas s'échapper. La pluie glisse sur les reins. Le cou attend. Si l'on ose, la femme se dérobe avec un rire. Parfois...

Un matin j'ai vu, indiscret à la faveur d'un rideau entrouvert, une femme assise, nue. Elle avait la tête penchée sur son épaule. Les murs étaient rouges et bleus. Le soir en rentrant je l'ai surprise allongée, nonchalante. Elle devait lire. Soudain le soleil embrasa la fenêtre et je fus ébloui. J'ai revu dans ton atelier un jour ce nu rouge, une main entre les cuisses, offertes.

"Nu bleu", 1995

"Romaine", 1996

102

"Songe", 1995

Petite carte postale du sud-marocain

Dans l'oued, les lauriers roses sont bercés par les cannes de roseaux. Il y a un froissement de feuilles séchées, un bavardage des trembles qui frissonnent au vent de la place. Les tamaris se décoiffent. Plus haut, dans la vallée, la terre assoiffée, épuisée, s'abandonne. Sur les collines rouges, d'ombre en ombre, les murs de pierre s'étirent et s'écrivent en pleins et déliés sur les pages de terre stérile. C'est la langue d'origine, celle des pasteurs et des premiers hommes. Le vent a sculpté dans la montagne des villages d'ambre.

"Oasis", 2001

"Les jarres", 2001

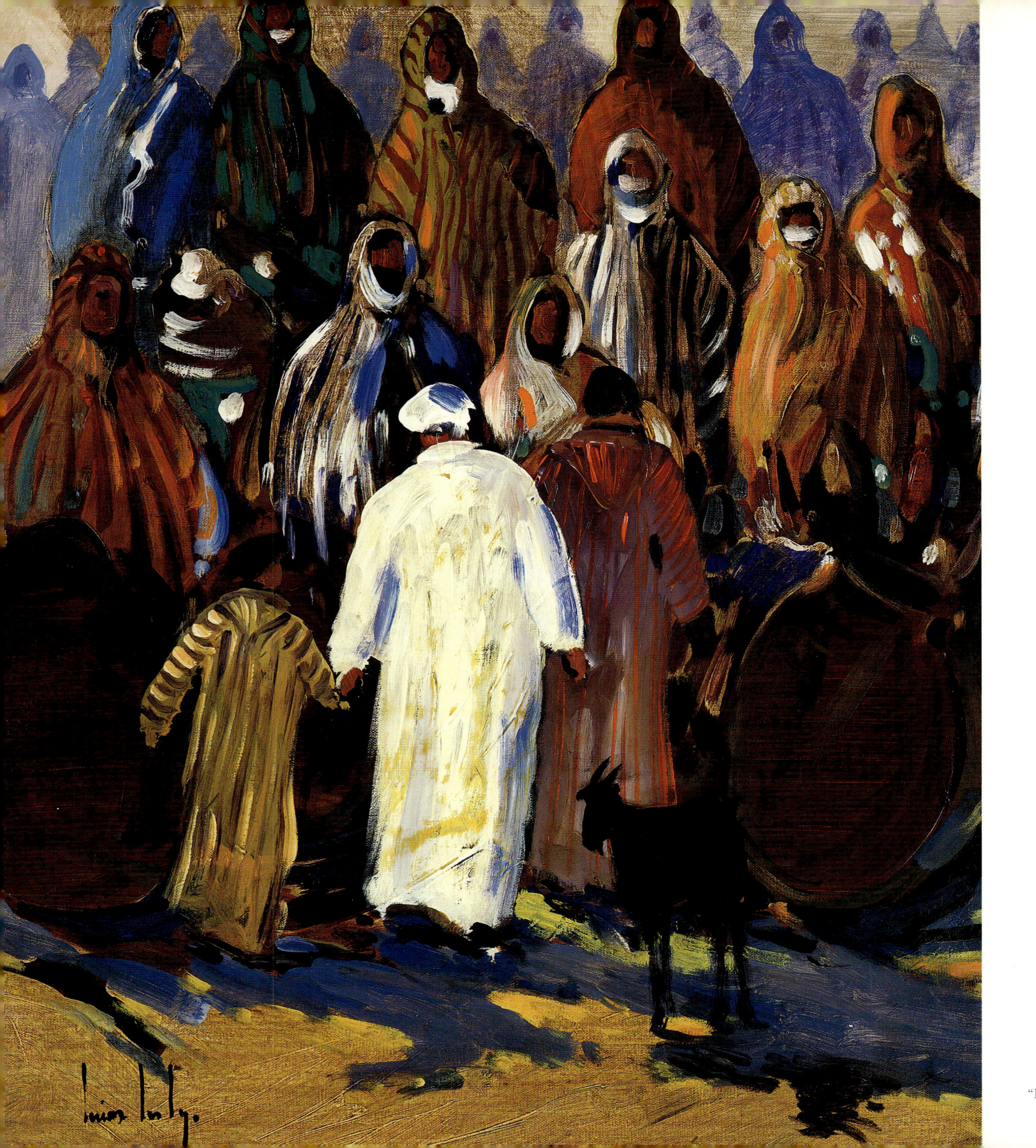

"Arrivée des marchands", 2001

107

Bivouac au pied des falaises dans les jardins au bord de la rivière. Les mules sont à l'orge. Deux enfants courent derrière les chèvres. J'ai donné une aspirine à une vieille femme, elle m'a couvert de menthe fraîche. Il y a ici une coulée de verdure au milieu du désert, une étroite vallée de figuiers, d'amandiers, de noyers et de grenadiers. À Boudrarat, le grain est battu. Il neige une poussière d'orge, il y a des volées de paille au-dessus du village.

"Charmeur de serpents", 2001

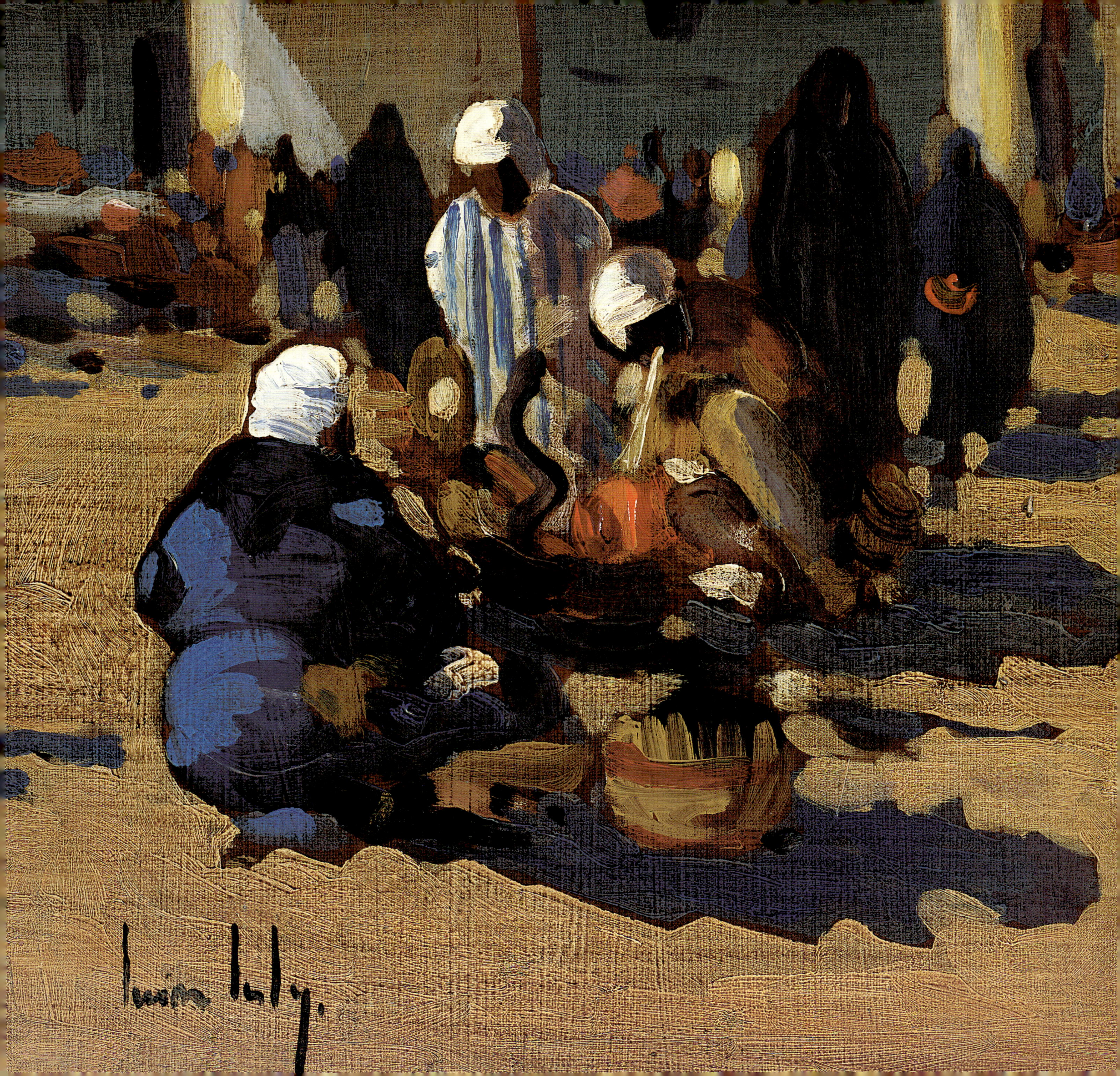

"Dans la rue", 2002

"Hommes assis", 2002

Parfois, négligeant, Dieu a laissé des îlots de verdure, comme ici dans la vallée de Telouat une faille béante, sanguine, qui laisse échapper une odeur de figue, comme un souffle, une haleine sucrée. Les lèvres rocheuses, au-dessus de la gorge humide se gercent d'envie. Le lit vert et rose, baigné par l'eau claire se meure dans le schiste au pied des grandes murailles.

À quoi rêve la jeune fille ? Les hommes ne savent pas quels rêves impossibles hantent les femmes sous leur voile bleu. Qui a remarqué le sourire de Radija sous la charpente de paille entre les murs de pisé. Elle a une fleur rouge de grenadier à la ceinture. Tout à l'heure, dans l'ombre, elle ira sous le tissu chercher un plaisir solitaire.

"Place Jemma el fna", 2002

"La grande fête", 2002

"Les tentes", 2002

"Marché aux agrumes", 2002

Sur les hauts plateaux, on a semé des pierres dans la poussière comme des volées de graines sur la Lune. Un dieu facétieux a effrité les crêtes. Les collines sont accroupies. Une eau claire s'insinue dans les plis de leurs jupes minérales. Qui a peint ces fragiles oasis sur les tissages de pierre ? J'ai dormi sous un amandier. Le tronc noir avait des lèvres gercées. L'ombre était fragile, légère. Une multitude de tâches de lumière frissonnaient sous les feuilles. Chaque moment est un fragment délicieux et chaque voyage est un fragment d'une autre vie.

Ici est un village qui n'est pas sur la carte. Il y a deux eucalyptus sur la place. Un âne couvre une jument pour un mulet stérile. Deux chèvres lèchent des cristaux de sel. Il y a une odeur de cuisine et de feu de bois. Une échoppe se cache sous un porche d'ombre. Bouteilles de gaz bleues et rouges. Charrettes à roues de bicyclettes. Gandoura blanche. Thé chez le Mokaden. Par la fenêtre j'entends l'eau qui coule dans la seguia comme une fontaine dans un Riad. J'ai de nouveau sommeil. Braiments. Sabots de mule. Je pars.

"L'entrée du souk", 1994

Sur la route, des figuiers de Barbarie protègent l'oliveraie. Tout cela pour rejoindre à Talouat letournage d'un film. Poussière et vent d'Atlas que tout cela. Figures berbères déguisées en Turcs pour les besoins de l'histoire. Derrière un mur, des enfants épient. Parfois un homme les chasse. Ils s'enfuient entre les grenadiers qui se torturent à attendre l'eau. Les troncs s'étirent, se dérobent et se nouent sous la frondaison qui tisse comme elle peut l'ombre salvatrice. Il y aura des plans poussière sur la route enflammée par le rougeoiement de bauxite.

"Lumière filtrée", 2002

"Rue des teinturiers", 2002

"Jour de fête", 2001

Le soir nous partageons chez l'habitant un filet d'eau et un peu de lumière. Les matelas sont à même le sol. Il y a une chaise pour les vêtements. Les hôtes sont attentionnés et désolés de ne pouvoir faire mieux. Nous sommes ravis. T'ai-je parlé des maisons rouges de Tinsigit, des fermes fortifiées et des puits miraculeux ? Majorelle a peint tout cela.

"Femmes au souk", 2002

"Repos", 2002

"marchands de tapis", 2002

Un soir près de Meknès

Le soleil se pose, il fond doucement. Il y a des coulées d'or sur les collines. Un village épouse les plis des roches. Il est tapi dans l'attente. Les blancs se pigmentent. Le temps d'une absence, d'un oubli et le soleil n'est plus. La montagne est bleu ardoise. Le ciel finit ses roses et les oliveraies s'assombrissent. Il reste une quiétude indiscernable, un glissement vers l'infini. Il faut alors parcourir les lignes de crêtes jusqu'à la brume, épuiser le regard et retenir le souffle, de peur d'éparpiller les derniers pollens de lumière. Le silence est suspendu, insaisissable. Un meuzzin braille dans un haut-parleur saturé. Le silence et la paix se fragmentent.

Il y a des volubilis à Volubilis, beaucoup. J'ai vu Volubilis au lever du jour, ruisselant sur les murs de terre. Je m'envole avec les oiseaux. L'ancienne ville romaine est figée dans la lumière des premières heures. Elle dort épuisée par les siècles. Les conquérants ont disparu depuis longtemps. Sur une des pentes alentour, le village saint, immaculé de Moulay Idriss s'agrippe en grappes blanches. Il fut interdit jusqu'en 1930. Aujourd'hui les touristes s'essoufflent sur les marches des ruelles. Il y a sur une autre pente une vie plus discrète trahie par des taches claires enfouies dans les figuiers de Barbarie. Les rues ne sont pas pavées et les enfants ne réclament pas d'argent. Les hommes et les femmes à peine levés vous saluent étonnés. À la fontaine romaine on remplit les outres d'eau et l'on charge les mulets. Personne ne se soucie de l'histoire et de la ville sainte d'en face. Une petite fille débile titube sur le chaos de terre battue. Une vigne s'affole. J'ai dormi là.

"Rue commerçante", 2002

"Fantasia", 2002

130

J'ai vu Essaouira, l'ancienne Mogador, un port de l'Atlantique que tu reconnaîtrais comme celui de ton enfance. Il y a un vent d'ouest entêtant. La houle frappe les remparts. Les quelques chalutiers de bois se serrent contre le quai. C'est déjà peint avec du bleu, du rouge et du vert. Il y a des ailes blanches qui frôlent la toile. Ne te retourne pas. Ils sont tous là par bus entiers, en calèche, en short et espadrilles. Il faudrait un bon coup de brosse pour effacer tout ça. Dans le miracle d'une ruelle désertée, à l'instant de la sieste, un bruit lancinant de mobylette monte au-dessus des toits : c'est l'heure de la prière. Une petite fille s'accroupit près d'un chat affamé ignorant la mendiante. Il y a une porte de fer rouillée avec des losanges émeraude et un oeil bleu. Elle est ouverte sur la lumière. Une silhouette à contre-jour allume un feu. Dans l'ombre sous l'escalier, des jeunes femmes échangent des bracelets d'or. Seul un pied traverse le soleil. Un serpent d'Énée s'enroule autour de sa cheville.

Qui a parlé de grâce ? C'est indéfinissable. C'est un désir, une tentation, une courbe élégante de l'âme, un peu comme le bonheur. La grâce est un bonheur, Monsieur. Un artiste la cherche toute sa vie dans son oeuvre. Il ne sait pas ce que c'est, mais il la devine, il la sent. Il faut du talent et du temps. Le talent aussi est une grâce. La grâce c'est tout une histoire, Monsieur. Ça ne s'invente pas mais ça se travaille oui, peut-être, pas toujours. C'est une approche intellectuelle, dîtes-vous ? Et la pureté du mouvement. Le danseur par la répétition du geste, la souffrance du corps cherche la grâce. Il semblait que Nijinski sur scène avait toujours un temps de suspension avant de céder à la pesanteur. Il était un moment avec Dieu avant de revenir sur terre. C'est peut-être ça la grâce, la lisière de la folie, de l'impalpable. Il y a quelque chose d'inexplicable et d'émouvant dans la grâce, un secret. C'est danser au bord de l'abîme. La grâce vous frôle parfois, elle est furtive et vous échappe souvent. Elle est capricieuse et injuste.

"Course Hypique", 2000

"Les chevaux de l'Atlas", 2002

"Cavaliers", 2002

En mai 68, toi tu peignais déjà tu dessinais, moi je débarquais d'un navire de la Royale et je chaloupais encore dans les rues de La Rochelle à la recherche d'un avenir. J'avais dans les poches un brevet de mécanicien spécialisé en chaudières et turbines. Peu de chance pour que je trouve quelque chose à ma portée. Je voulais changer de bateau, de vague, laisser la mer effacer les dernières années et recommencer à écrire ma vie sur du sable vierge.

Vingt ans ! C'est faux, on n'efface rien, c'est dans le grand livre. Trop tard mon pote. J'ai su beaucoup plus tard que le grand livre avait raison. J'ai ouvert à la page "Jeunesse" et j'ai fouillé. C'était du bonus, un morceau indissociable du puzzle, notre voyage à nous, un carnet de route dans la mémoire. Cette route-là et pas une autre.

"Le Ksar", 2002

"Porte sud", 2002

Je marche sous un soleil dur dans un chaos de pierre, un jardin piétiné par des bottes de géant, un gigantesque champ de patates retourné. Dieu devant l'impossible a renoncé à la tâche. Il faut savoir qu'àprès la Création de la Terre, Dieu cacha son or dans le sud-marocain. Ceci après avoir froissé l'Atlas. Un jour ou une nuit, ayant besoin de son or pour racheter les fidèles, il le chercha où il croyait l'avoir enseveli. Même Dieu peut être trahi par sa mémoire. Il fouilla, piocha, retourna et tortura le désert tant et si bien que devant l'impossible chantier, il renonça à la tâche. Ni lui ni personne ne trouva jamais cet or.

"Après le spectacle", 2003

Je sais que tu regardes l'irrésistible valse de la terre, les derniers rayons fragiles au bord de s'éteindre comme une dernière flambée dans l'âtre du monde. Quand la lumière a cessé de sculpter, de peindre les crêtes, les forêts, l'horizon en une frise incandescente, le peintre s'en retourne chez les hommes, ivre et indécis en espérant le jour prochain.

BIOGRAPHIES

Olivier Suire Verley

Atelier : La Rivière, 17880 Les Portes en Ré

Olivier Suire Verley est né le 2 octobre 1951 à La Rochelle. Il étudie à La Rochelle, puis à Tours avec Jean Abadie en dessin publicitaire. À Paris, il travaille la gravure avec Pierre Gandon, Albert Decaris et Caillevœrt Brun.

De tendance surréaliste, ses thèmes sont alors oniriques, basés sur l'évasion, le voyage et la mer. Il illustre des textes de Clifford Simac et d'Assimov pour Louis Pauwels. Commence alors une longue série d'expositions en France et à l'étranger.

En 1982, un virage s'opère : un travail d'épuration, une recherche de l'essentiel le mènent à la découverte de la couleur. À partir de cette époque, les thèmes changent : la nature, des natures mortes, des portraits, et toujours la mer, celle de l'île de Ré - il quitte Paris pour s'y installer, et c'est là qu'il vit et travaille désormais.

De nombreux voyages émaillent ce parcours : les États-Unis, pour des expositions, mais surtout l'Italie, Rome, Venise, le Maroc, l'Espagne… toujours à la recherche de nouvelles lumières.

Expositions

2003 Paris, Galerie V.R.G.
2003 Tokyo Japon, Galerie Brücke
2002 Paris, Galerie Collette Dubois
2002 Arcachon, Galerie ZonZon
2002 Le Touquet et Hardelot, Galerie Joël Dupuis
2001 Paris, Théâtre de Paris
2001 Bois Colombes, Galerie en Ré
2000 Lyon, Galerie de la Place
1999 Tours, Galerie J. Noury
1998 Lamarche sur Saône, Galerie des Arts
1998 Palaiseau, École Polytechnique
1998 Rennes, Galerie Yves Halter
1997 Atlanta U.S.A, Galerie Carolyne Moore

En permanence

Paris, Art Club
Paris, Galerie Collette Dubois
Paris, Galerie V.R.G.
Arcachon, Galerie ZonZon
Bois Colombes, Galerie en Ré
Brantôme, Galerie du Puy joli
La Baule, Galerie Horizon
La Flotte en Ré, Galerie Marine
Le Touquet et Hardelot, Galerie Joël Dupuis
Lyon, Galerie de la Place
Rennes, Galerie Yves Halter
Saint-Cloud, Galerie Tableau d'honneur
Tours, Galerie J. Noury

DES AUTEURS

Bernard Giraudeau

Récentes interprétations
Cinéma
2002	La petite Lili	Claude Miller
2002	Ce jour-là	Raoul Ruiz
2001	Les marins perdus	Claire Devers

Télévision
2002	Neige d'Indochine	Marco Pico
2002	Mata Hari, la vrai histoire	Alain Tasma
2001	La mort est rousse	Christian Faure

Théâtre
2000	Becket de Jean Anouilh	Didier Long

Réalisations
Cinéma
1995	Les caprices d'un fleuve
1989	L'autre

Télévision
1991	Un été glacé
1987	La face de l'ogre

Documentaires
2003	Esquisses Philippines
1999	Chili norte - Chili sure
1992	La Transamazonienne

Enregistrement de voix
2002	Harry Potter et le prisonnier d'Azkaban
2001	Harry Potter et la chambre des secrets
2000	Harry Potter à l'école des sorciers

Écrivain
2002	Contes d'Humahuaca	Coédition Seuil - Métailié
2001	Le marin à l'ancre	Éditions Métailié

Dès 1973, dans "Deux hommes dans la ville" de José Giovanni, la carrière d'acteur de Bernard Giraudeau démarre. À raison d'un à deux films par an, il va enchaîner : "Le gitan", "Viens chez moi, j'habite chez une copine", "Le grand pardon", "Le ruffian", "Les caprices d'un fleuve"...

Parallèlement, sa carrière se développe sur le petit écran dans de nombreux téléfilms et aussi au théâtre, notamment dans "Le libertin" d'E.E. Schmitt et "Beckett" de Jean Anouilh. Ses grandes qualités reconnues lui ont permis d'étendre son savoir-faire à la réalisation pour la télévision, le cinéma, sans oublier quelques documentaires. Récemment, il a enregistré sa voix pour l'adaptation française d'"Harry Potter".

Acteur, comédien, réalisateur, Bernard Giraudeau est aussi un auteur apprécié notamment pour son roman "Le marin à l'ancre" et ses contes pour enfants : "Contes d'Humahuaca".

EDITIONS PC

Philippe Chauveau
4, rue de la Croix Nivert F-75015 Paris
Tel. : +33 (1) 42 73 60 60
Fax. : +33 (1) 42 73 60 70
E-mail : editionspc@wanadoo.fr
Site : www.editionspc.com
© J + M, La Rochelle

Cet ouvrage a été tiré à 3000 exemplaires
Achevé d'imprimer en mai 2003
sur les presses de l'imprimerie Fertoise,
ZA La Cibole BP 115
72400 La Chapelle du bois
ISBN : 2-912683-25-4
EAN : 9782912683250
Dépôt légal : avril 2003